PROCÈS

RELATIF A LA PUBLICATION

DU CATALOGUE INTITULÉ

LIVRES DU BOUDOIR

DE MARIE-ANTOINETTE,

PRÉTENDUE CONTREFAÇON IMPUTÉE AUX ÉDITEURS

SUR LA PLAINTE DE M. J. TASCHEREAU,

Directeur de la Bibliothèque Impériale.

Réquisitoire de M. Hémar.
PLAIDOYER DE Me GALLIEN.

JUGEMENT EN FAVEUR

De **M. GAY**, éditeur,
Et de **M. LOUIS LACOUR**, auteur de la publication.

Extrait de la Gazette des Tribunaux.

PARIS

AU BUREAU, RUE DU FOIN-MARAIS, 6.

1864

PROCÈS

RELATIF A LA PUBLICATION DU CATALOGUE INTITULÉ

LIVRES DU BOUDOIR

DE MARIE-ANTOINETTE.

On se rappelle que M. Gay, libraire-éditeur à Paris, avait été renvoyé devant le Tribunal comme prévenu d'avoir, depuis moins de trois ans, commis le délit de contrefaçon en éditant et publiant, sans autorisation du gouvernement, sous le titre : *Livres du Boudoir de la Reine Marie-Antoinette*, un manuscrit déposé à la Bibliothèque Impériale, et devenu, par suite, propriété de l'Etat. M. Louis Lacour, homme de lettres, avait été également renvoyé devant le Tribunal comme prévenu de s'être rendu complice de ce délit en fournissant sciemment à M. Gay les moyens de le commettre.

M. Gay et M. Lacour ont comparu aux audiences des 1er, 16 et 22 mai 1863.

M. Gay avait pour défenseur Me Suin.

M. Louis Lacour était assisté de Me Gallien, avocat, et de Me Maugin, avoué.

Interrogé par M. le président, M. Gay a déclaré qu'il avait reçu le manuscrit de M. Lacour, sans savoir que ce fût la copie d'un document appartenant à l'Etat.

M. Louis Lacour, interrogé à son tour par M. le président, a répondu qu'en faisant cette publication, il avait
cru être complètement dans son droit; qu'il avait suivi les
errements de tous les écrivains depuis l'ouverture des Bibliothèques publiques; qu'en effet, dans une période de
plus de soixante années, un très grand nombre d'érudits
et de sociétés savantes ont publié, sans autorisation du
gouvernement et sans aucune réclamation de sa part, une
telle quantité de pièces manuscrites appartenant à l'Etat,
que du seul catalogue de ces pièces on pourrait former un
volume in-8°.

La parole a été ensuite donnée à M. Hémar, substitut
de M. le procureur impérial. Ce magistrat s'est exprimé
en ces termes :

La prévention dirigée contre M. Louis Lacour et M. Gay
soulève, nous le disons de suite au Tribunal, une question
très difficile et très délicate de contrefaçon littéraire. Voici
dans quelles circonstances cette poursuite a été intentée : M.
Louis Lacour a fait imprimer en 1862 un petit volume intitulé : *Livres du Boudoir de la Reine Marie-Antoinette.* Ce
volume a été publié par M. Gay et par les soins de M. Lacour,
qui lui a remis la copie d'un catalogue manuscrit appartenant
à l'Etat. Cette copie, Lacour l'avait faite lui-même à la Bibliothèque Impériale, ou se l'était fait remettre. Nous avons à
nous expliquer sur le point de savoir si cette publication, qui
a eu lieu sans l'autorisation de l'Etat, constitue le délit de
contrefaçon.

Nous ferons preuve en cette circonstance de notre indépendance habituelle. La prévention vous appartient, messieurs;
vous avez à la juger. — Encore bien que le ministère public
vous l'ait soumise, il reste maître de vous exprimer sur elle
son opinion tout entière. Notre indépendance est notre force,
comme elle est votre garantie. C'est donc avec une complète
liberté d'appréciation que nous examinerons cette affaire qui,
nous le répétons, présente des difficultés d'un ordre particulier.

Il est certain que l'ouvrage de Louis Lacour est la reproduction d'un catalogue de la Bibliothèque Impériale, augmenté de notes et d'une longue préface. Pour savoir si l'action en contrefaçon est fondée, nous examinerons les quatre questions suivantes :

1° L'état a t il des droits d'auteur sur le manuscrit ? — 2° L'Etat a-t-il rempli les obligations légales pour être protégé dans son droit d'auteur ? — 3° Le manuscrit tel qu'il existe présente-t-il les caractères d'une œuvre littéraire ? — 4° Lacour avait-il conscience du délit qu'il commettait, ou, au contraire, a-t il agi de bonne foi ?

Première question. — L'Etat a-t-il des droits d'auteur sur le manuscrit ? En droit, l'Etat est devenu propriétaire de ce manuscrit par suite des faits révolutionnaires qui ont amené la chute de Louis XVI. La preuve de la propriété de l'Etat n'est pas difficile à fournir ; la Constitution de 1791 a défini et organisé le domaine privé de la couronne ; or, les livres de la reine en faisaient partie. Le décret du 21 septembre 1792, en abolissant la royauté, a supprimé l'existence du domaine privé, et les biens qui le composaient ont fait retour à l'Etat. C'est à ce titre que les livres du Boudoir sont entrés dans le domaine public en même temps que le Catalogue où ils se trouvaient inventoriés. Mais, sans prolonger cette discussion, disons qu'il n'est pas nié que l'Etat soit en possession du Catalogue. On ne démontre pas qu'il soit détenteur à titre précaire. Donc sa possession est inattaquable et lui donne le droit de propriété littéraire, le droit qu'aurait aujourd'hui l'auteur de ce Catalogue manuscrit.

Les droits d'auteur sont déterminés par le décret de la Convention du 19 juillet 1793. L'article 1er de ce décret confère aux auteurs d'écrits en tout genre le droit exclusif de vendre, faire vendre, distribuer leurs ouvrages dans le territoire de la République, et d'en céder la propriété en tout ou en partie.

L'article 2 donne aux héritiers et cessionnaires le même droit pendant dix ans après la mort des auteurs. (Vous savez que par suite de lois de 1810 et 1854 les droits des héritiers et des cessionnaires ont été étendus.) L'article 6 du décret de 1793 organise la protection accordée aux droits d'auteur en imposant la nécessité du dépôt à la Bibliothèque pour être admis à poursuivre la contrefaçon. L'article 7 confère la propriété exclusive aux héritiers de l'auteur de l'ouvrage publié. Cette législation présentait une double difficulté lorsqu'on voulait l'appliquer à un ouvrage posthume. La loi de 1793 exigeait que les détenteurs justifiassent de leurs droits d'héritiers et de cessionnaires, justification souvent difficile, et d'autre part elle ne leur laissait qu'un délai de dix ans pour publier; délai trop court et dont l'échéance bientôt arrivée plaçait les héritiers en présence d'ouvrages souvent utiles au public, et qu'ils s'abstenaient désormais de mettre au jour, car aucun intérêt ne les sollicitait plus à une publication dont le domaine public allait bientôt profiter.

C'est pour remédier à cet état de choses qu'a été rendu le décret du 1er germinal an XIII. — Permettez-moi de remettre sous vos yeux le texte de ce décret. et de vous citer d'abord le passage dans lequel M. Renouard signale les modifications apportées au projet primitif :

« La première rédaction de ce décret, présentée par Regnault de Saint-Jean-d'Angely au Conseil d'Etat, dès le mois de thermidor an X, puis reprise le 24 ventose, an XIII, contenait déjà la double pensée, plus nettement exprimée dans le décret et dans son préambule, d'attribuer au propriétaire, qui publiait l'ouvrage posthume, les mêmes droits qu'à l'auteur, et d'empêcher que la publication de cet ouvrage ne devînt un moyen indirect d'acquérir un monopole sur les autres œuvres de l'auteur, devenues propriété publique. Mais cette première rédaction supposait que l'œuvre inédite appartiendrait nécessairement aux héritiers de l'auteur ou à ses ayants-cause, ce qui aurait, dans la pratique, donné lieu à de graves difficultés toutes les fois que le propriétaire aurait été dans l'impossibilité de montrer par quelle suite de transmissions l'ouvrage serait arrivé dans ses mains. Quant à la séparation de l'ouvrage posthume d'avec le reste des œuvres de l'auteur, elle n'était indiquée qu'imparfaitement.

«Voici cette première rédaction, qui, comparée avec le texte du décret, en fera mieux comprendre le sens définitif par la connaissance des amendements adoptés.

« Art. 1er. Tout ouvrage posthume, même d'un auteur mort depuis plus de dix ans, est la propriété exclusive des héritiers de l'auteur ou de ses ayants-cause, et il ne deviendra propriété publique que dix ans après la mort du propriétaire, par succession ou à tout autre titre.

« 2. Toutefois, si l'auteur a fait d'autres ouvrages précé-
« demment publiés, et que l'éditeur veuille en faire une nou-
« velle édition en y réunissant les ouvrages posthumes, il ne
« pourra refuser de vendre également les volumes qui le con-
« tiendront. »

« Ce décret a été adopté avec sa rédaction actuelle dans la séance du Conseil d'Etat tenue au palais des Tuileries le 30 ventose an XIII, et signé par l'Empereur le lendemain 1er germinal (22 mars 1805). »

Voici, messieurs, reprend M. le substitut, le texte de ce décret :

« Les propriétaires, par succession ou à autre titre, d'un
» ouvrage posthume, ont les mêmes droits que l'auteur ; et
« les dispositions des lois sur la propriété exclusive des au-
« teurs et sur sa durée leur sont applicables, toutefois à la
« charge d'imprimer séparément les œuvres posthumes, et
« sans les joindre à une nouvelle édition des ouvrages déjà
« publiés et devenue propriété publique. «

Ce décret a conféré les droits d'auteurs aux héritiers qui publient un manuscrit d'un auteur mort, et il a créé ainsi un intérêt pour eux à le publier. Le décret est parti de cette idée, que l'ouvrage inédit est comme l'ouvrage qui n'existe pas. Il faut en conclure forcément que celui là seul doit avoir les droits d'auteur qui publie l'ouvrage posthume manuscrit ; s'il fait cette publication, il aura un privilége exclusif pendant toute sa vie. C'est ainsi que le décret a remédié aux oublis de la loi de 1793.

Le Catalogue manuscrit des *Livres du Boudoir* est entré dans le domaine de l'Etat. La loi de 1793 et le décret de germinal an XIII suffisent pour établir les droits d'auteur au profit de l'Etat. Je n'ai pas besoin d'invoquer le décret impérial du 20

février 1809, qui a, sous un aspect différent, une importance
considérable. Ce décret est ainsi conçu :

« Art. 1er. Les manuscrits des Archives de notre ministère
« des relations extérieures, et ceux des Bibliothèques impéria-
« les, départementales et communales, ou des autres établisse-
« ments de notre empire, soit que ces manuscrits existent
« dans les dépôts auxquels ils appartiennent, soit qu'ils en
« aient été soustraits, ou que leurs minutes n'y aient pas été
« déposées, aux termes des anciens règlements, sont la pro-
« priété de l'État, et ne peuvent être publiés et imprimés
« sans autorisation.

« Art. 2. Cette autorisation sera donnée par notre ministre
« des relations extérieures pour la publication des ouvrages
« dans lesquels se trouveront des copies, extraits ou citations
« des manuscrits qui appartiennent aux archives de son mi-
« nistère, et par notre ministre de l'intérieur pour celles des
« ouvrages dans lesquels se trouveront des copies, extraits ou
« citations des manuscrits qui appartiennent à l'un des autres
« établissements publics mentionnés dans l'article précé-
« dent. »

Je n'invoque pas ce décret, car il n'attribue pas à l'Etat des
droits d'auteur sur les ouvrages posthumes. Cela eût été inu-
tile, comme vous devez le comprendre, en présence de la loi
de 1793 et du décret de germinal an XIII. Ce décret du 20 février 1809 a pour unique objet de régler, au point de vue de
l'ordre public et des intérêts supérieurs de la politique du
gouvernement, la publication des manuscrits appartenant à
l'Etat. Il ne règle et ne détermine rien au point de vue de la
propriété littéraire.

On a contesté que l'Etat pût avoir des droits d'auteur, et il
existe en effet sur ce point des raisons de douter. Ces droits
étant un privilége, et l'Etat étant l'expression la plus complète de l'intérêt général, on ne saurait concevoir qu'il puisse
se mettre en antagonisme avec ce même intérêt dont il est le
représentant, et, au moyen d'un droit de propriété littéraire,
faire concurrence à l'intérêt du domaine public. En outre,
tous les inconvénients que le privilége avait entre les mains

des particuliers, sont bien plus graves dans celles de l'Etat. En effet, les droits d'auteur sont temporaires, ils durent pendant la vie des auteurs et un certain temps après leur décès, tandis que l'Etat ne mourant pas, son privilége devient perpétuel. M. Renouard critique le système de la propriété littéraire entre les mains de l'Etat.

Examinant ce qu'il doit advenir du privilége après la mort d'un auteur, il dit : « Si l'on admet que le droit à la succession irrégulière confère le privilége aux enfants naturels, il serait difficile de ne pas étendre le même privilège en faveur du conjoint survivant au profit duquel également la succession est ouverte... Pour être conséquent, il faut décider la question dans le même sens au profit du domaine de l'Etat, arrivant par deshérence. *Il résultera de là que le domaine de l'Etat s'exercera au détriment du domaine de tous les citoyens, c'est-à-dire de la concurrence publique* (nos 3 et 105). Cette solution n'est pas sans inconvénients; car si, en droit, la distinction entre ces deux domaines est très facile à concevoir, on ne peut pas néanmoins s'empêcher de convenir qu'ici la faveur des considérations qui militaient pour l'enfant naturel et pour le conjoint cesse entièrement. Le législateur pourrait avoir égard à cette différence de considérations, mais le jurisconsulte n'est pas maître de distinguer entre des faits juridiques du même ordre, lorsque la loi n'a pas songé à les séparer en plusieurs classes soumises à des règles différentes. »

Il est certain, reprend M. le substitut, que c'est un état législatif mauvais. On l'a si bien compris, que le nouveau projet de loi sur la propriété littéraire, œuvre de la commission instituée par l'Empereur, modifie la propriété de l'Etat sur les œuvres intellectuelles, et en abrège la durée. Voici, en effet, ce que dispose à cet égard l'article 17 de ce projet :

« Le droit de l'Etat sur les ouvrages qu'il publie dure trente ans à compter de leur publication.

« Le droit des académies et autres corps littéraires ou ar-

« tistiques, sur les ouvrages publiés en leur nom et par leurs
« soins, a la même durée.

« Les auteurs ou les éditeurs des ouvrages publiés par or-
« dre de l'Etat ou par les Académies n'ont que les droits qui
« leur sont formellement accordés par les conventions ou par
« les règlements. »

L'article 18 du même projet de loi a pour but de diminuer
le nombre des circonstances dans lesquelles des droits de
propriété littéraire pourraient être attribués à l'Etat. Cet article est ainsi conçu :

« Dans le cas où un droit de propriété littéraire ou artisti·
« que fait partie d'une succession en état de deshérence, il
« n'est point dévolu à l'Etat.

« Toute personne peut publier, reproduire, exposer ou
« faire représenter les œuvres comprises dans la succession,
« sauf les droits des créanciers. «

Résumons-nous sur ce point : l'état législatif actuel est
mauvais, mais la loi existe, elle n'a pas distingué, et tant
qu'elle n'aura pas été changée il faudra s'y soumettre.

Ici se termine la première partie de ma thèse. J'ai démon·
tré, comme j'avais à le faire, que l'Etat a la propriété maté·
rielle et intellectuelle du manuscrit publié par Lacour, et
qu'il a également les droits d'auteur sur ce manuscrit. Je me
demande maintenant si l'Etat a rempli les conditions légales
pour être protégé dans ses droits d'auteur. Question difficile.
La loi du 19 juillet 1793, article 6, exige le dépôt de deux
exemplaires à la Bibliothèque Nationale, sous peine de n'être
pas admis en justice. Or, dans l'espèce, l'Etat n'a pas fait ce
dépôt. On objecte qu'on en était dispensé parce qu'il s'agit
d'un manuscrit. La question est de savoir s'il peut y avoir
contrefaçon d'un ouvrage qui n'a jamais été livré à la pu-
blicité, si les peines qui sont réservées à la contrefaçon peuvent atteindre la reproduction d'un manuscrit encore inédit.
Je dis que cette question doit être résolue négativement. Les
données philosophiques et la notion précise de la loi condui-
sent à ce résultat.

L'esprit humain s'agite sans cesse ; il remue et soulève des

idées, il les combine, et arrive à produire nne création, une
conception purement intellectuelle. Les rapports sont établis
entre cette création intellectuelle et son auteur ; mais ce sont
des rapports purement psycologiques et qui n'entreront dans
le domaine juridique qu'au moment où la création elle-même
se manifestera sous une forme matérielle. Cette conception
peut être mise en rapport avec les sens et l'esprit des autres
hommes par certains moyens. Si elle est mise en rapport avec
les sens d'autrui par la combinaison des lignes, des contours,
de la lumière ou des couleurs, elle sera du domaine des arts
plastiques ; elle s'appellera : l'architecture, la sculpture, la
peinture ; si elle se manifeste par la combinaison des sons,
elle sera la musique ; si elle se révèle par l'écriture ou la parole, elle sera la littérature. Dès que l'œuvre intellectuelle a
trouvé sa formule, elle appartient au monde matériel, et les
rapports de droit prennent naissance entre l'auteur et son
œuvre. Droits de deux espèces : d'une part, purement maté-
riels ; d'autre part, intellectuels. Dans l'ordre des faits maté-
riels, l'auteur a le droit de n'être pas dépossédé de la formule
matérielle de sa conception, et il trouve une garantie suffi-
sante dans les règles ordinaires de la propriété. S'il est dépossédé par une soustraction coupable, ce sera le vol, l'abus
de confiance, ou l'escroquerie, qu'atteignent des pénalités
spéciales ; s'il est victime de faits d'un autre ordre, il aura
recours à une action en dommages intérêts. Au point de vue
intellectuel, l'auteur a le droit d'anéantir son œuvre et d'en
priver la société, comme il a le droit de reproduction et de
copie, le droit de divulgation, qui fait participer la société à
la jouissance de l'œuvre. Mais la reproduction est possible de
la part de tous ceux qui sont en contact avec l'œuvre, et ici
les règles ordinaires sont insuffisantes à protéger l'auteur ;
car, matériellement, il n'est pas dépossédé, et, d'autre part,
son œuvre n'a pas subi de détérioration. Alors apparaît la
lutte du domaine public et du domaine privé. Un conflit s'élève
entre la société et l'auteur. La société a le désir de s'appro-
prier l'œuvre ; l'auteur a le désir d'en conserver la possession
privilégiée. Il est de l'intérêt des deux parties d'interdire la
possibilité de reproduction ; en effet, pour l'auteur, c'est le

droit de copie qui lui permet de tirer profit de son œuvre,
qui donne une valeur vénale à sa production; c'est aussi l'intérêt de la société, car, sans cette garantie que réclame l'auteur, ou celui-ci anéantira son œuvre, ou il la tiendra secrète,
ou tout au moins de nouvelles productions intellectuelles seront découragées, et l'esprit humain verra son essor entravé.
Il est de l'intérêt des deux parties que cette lutte finisse par
une transaction, sorte de contrat entre l'auteur et la société.
L'auteur divulguera son œuvre, dont jouira la société ; celle-
ci lui assurera en échange le privilége exclusif de la reproduction. Quand on examine ce que c'est que les droits d'auteur, on reconnaît qu'ils ne sont autre chose que ce privilége
exclusif de reproduction, ce monopole du droit de copie. Telle
est la notion philosophique du droit de propriété littéraire.
Ainsi donc, si l'auteur ne fait pas jouir le corps social de son
œuvre, il n'a pas droit à cette garantie qui protége la seule
publication. L'auteur ou le propriétaire du manuscrit non publié
n'a rien donné à la société ; il n'a droit dès lors à aucun privilége, à aucun monopole. S'il est protégé contre la dépossession
matérielle, il se trouve sans défense contre la copie abusive.

La loi est conçue d'après ces bases. Tous les auteurs et le
Code supposent constamment une édition originale imprimée.
Les articles 4 et 5 de la loi de 1793 parlent de réparations
pécuniaires calculées sur la valeur de l'édition originale antérieure à la contrefaçon, et l'article 6 accorde l'action en contrefaçon à celui *qui met au jour un ouvrage.* Dans le préambule du décret du 1er germinal an XIII. les termes sont encore plus explicites; voici ce qu'on y lit: « Considérant que
l'ouvrage inédit est comme l'ouvrage qui n'existe pas. »
Le décret lui-même reconnaît les droits d'auteur à celui là seulement qui publie. De même dans le Code
pénal, l'article 426 punit l'introduction en France d'ouvrages contrefaits. Il s'agit là d'ouvrages qui, imprimés
d'abord en France, ont été réédités à l'étranger. Dès lors nécessité d'une première impression de l'ouvrage, posthume ou
autre, pour qu'il puisse y avoir contrefaçon. C'est aussi l'opinion des auteurs les plus compétents; et notamment de M. Renouard qui s'exprime ainsi, t. II, p. 299, n° 171 :

« S'il s'agissait de la publication posthume d'ouvrages iné-
« dits, comme il est nécessaire, pour en tirer un droit à un
« privilége, de réunir, à la qualité de propriétaire, celle d'édi-
« teur par soi-même ou par ses ayants-cause, le privilége ne
« résulterait point en faveur d'un éditeur de la simple autori-
« sation qui lui serait donnée de publier, et que n'accompa-
« gnerait aucune cession expresse du droit au privilége. De
« son côté, l'Etat ne pourrait acquérir le privilége sur l'œuvre
« posthume qu'à la charge d'en faire faire une publication
« suivant les conditions légales. A défaut du concours de ces
» deux droits, ni le premier éditeur, ni l'Etat ne seront privi-
« légiés et n'auront qualité pour poursuivre les réimpres-
« sions et pour les arguer de contrefaçon. »

Ainsi M. Renouard suppose l'Etat propriétaire d'un manuscrit, œuvre posthume, et il pense que si l'Etat n'a pas publié ce manuscrit, s'il ne réunit pas en sa personne la double
qualité de publicateur et de propriétaire, il ne pourra pré-
tendre à un privilége. En résultera-t-il que l'Etat ne pourra
avoir les droits d'auteur et se trouvera désarmé ? Nullement.
Il n'a qu'à publier le manuscrit dont il est le propriétaire,
qu'à déposer l'ouvrage ainsi publié, et il pourra poursuivre les
contrefacteurs.

On objecte les termes des articles 425 et 427 du Code pénal. Cette objection est formulée dans la lettre de M. l'Administrateur de la Bibliothèque Impériale, document important
et grave, transmis au parquet par M. le comte Walewski, ministre d'Etat. M. l'Administrateur de la Bibliothèque invoque
l'article 425 du Code pénal, où se trouvent ces mots : « Toute
« édition imprimée au mépris des lois et règlements relatifs
» à la propriété des auteurs est une contrefaçon. » M. l'Administrateur fait remarquer que le Code dit *toute édition*, et ne
dit pas *toute réimpression*, et il en conclut que par conséquent le Code a sauvegardé les droits des propriétaires de
manuscrits. Il invoque aussi l'article 427, qui prononce la confiscation, et qui parle de l'*édition* contrefaite, et non de *réimpression*. Nous ne partageons pas cette opinion. Il faut que
le manuscrit ait été imprimé par l'auteur ou par ses ayants

cause ; qu'il y ait eu une première édition, pour que la contrefaçon puisse se produire. Les articles 425 et 427 du Code
pénal n'ont pas le sens que leur attribue le document dont
nous nous occupons en ce moment. Les termes de la loi supposent précisément une édition qui en contrefait une autre.
Il est clair, en effet, qu'on n'a pas voulu déroger à la loi de
1793 sur la nature et la constitution de la propriété littéraire. Cela est démontré par la discussion au Conseil d'Etat
de l'article cité du Code pénal. Le projet d'article disait qu'il
fallait s'en référer à la législation antérieure, et rappelait la
nécessité du dépôt. On fit disparaître cette mention pour s'en
tenir à une disposition purement pénale, et l'article prit la
forme qu'il a aujourd'hui. Voici ce qu'on lit à cet égard dans
l'ouvrage de M. Renouard, tome 1e, page 393 :

« Les articles 425 à 427 du Code pénal formaient, dans le
projet discuté par le Conseil d'Etat, les articles 366 à 372,
ainsi conçus :

« 366. Toute édition d'écrits, de composition musicale,
« de dessin, de peinture, ou de toute autre production, im-
« primée ou gravée ou en entier ou en partie, sans le con-
« sentement formel et par écrit de l'auteur, de ses héritiers,
« cessionnaires ou ayants droit pendant le temps fixé par les
« lois, lorsqu'il aura été remis à la Bibliothèque Impériale ou
« au cabinet des estampes deux exemplaires de l'édition ori-
« ginale, est une contrefaçon, et toute contrefaçon est un
« délit. »

« 367. Le débit d'ouvrages contrefaits, l'introduction en
« France d'ouvrages qui ont été contrefaits dans l'étranger,
« sont un délit de la même espèce. »

. . . .

« M. Locré rapporte la discussion de ce projet au Conseil
d'Etat, à la séance du 27 décembre 1808, présidée par le
prince archichancelier Cambacérès.

« La discussion sur l'article 366 porta d'abord sur la proposition de retrancher de cet article celles de ses dispositions
sur la propriété des auteurs qui devaient trouver leur place
dans les lois civiles, et de s'en tenir aux dispositions pénales

comme devant seules figurer dans le Code. A des observations faites en ce sens par M. le baron Pasquier et M. le comte Berlier, il fut répondu par le comte Treilhard qu'au moment où l'article avait été rédigé, le projet dont le Conseil s'occupe sur l'imprimerie et la librairie n'avait pas encore été soumis à ses délibérations ; qu'au reste, pour tout concilier, on pouvait se borner à dire que toute contrefaçon contraire aux lois et règlements de la matière est un délit. Cet amendement fut adopté, et, sur la proposition du comte Regnaud de Saint-Jean-d'Angely, il fut étendu aux articles suivants »

. . . . , ...

La lettre de M. l'Administrateur de la Bibliothèque impériale se réfère au décret du 20 février 1809, qui déclare que les manuscrits des Bibliothèques impériales étant la propriété de l'Etat, ne peuvent être publiés sans l'autorisation du gouvernement. On en conclut que la sanction d'une publication non autorisée est la peine de la contrefaçon. A nos yeux, c'est là une erreur. Le décret de 1809 a pour but de protéger de grands intérêts politiques, et rien autre chose. Il n'a pas de sanction pénale, et enfin il ne concerne en rien la propriété littéraire de l'Etat. Rappelons rapidement dans quelles circonstances ce décret est intervenu. M. le chevalier d'Hauterive, conseiller d'Etat, avait été chargé de faire un rapport à la section de l'intérieur de ce Conseil, sur un projet de décret relatif aux Archives du ministère des relations extérieures. Dans ce rapport, M. d'Hauterive exposait que, par suite de l'inobservation des anciens règlements et des désordres révolutionnaires, de nombreux documents avaient été distraits des Archives du ministère ; qu'un certain nombre d'autres, dont divers fonctionnaires étaient dépositaires par suite de leurs fonctions n'avaient pas été restitués par eux ; que ces pièces originales appartenant à l'Etat et relatives à des négociations diplomatiques se trouvaient entre les mains de quelques particuliers, et qu'un danger politique pouvait naître si la publication en était faite par des hommes ignorants ou hostiles. En conséquence, M. d'Hauterive proposait un projet de décret ainsi conçu :

« Art. 1er. Tout ouvrage dans lequel se trouveront, soit des
« extraits de la correspondance officielle du ministère des re-
« lations extérieures, soit des citations de traités et de conven-
« tions non authentiquement publiés, soit des détails histo-
« riques sur des négociations, recueillis dans les mémoires
« manuscrits rédigés par des personnes ayant eu un titre ou
« un office diplomatique du gouvernement, ne pourra être li-
« vré à l'impression qu'après qu'il aura été soumis à l'exa-
« men de notre ministre des relations extérieures, et que, sur
« son rapport, nous en aurons permis la publication.

» Art. 2. Les traductions d'ouvrages étrangers et les nou-
« velles éditions d'ouvrages français publiés antérieurement
« à la date du présent décret, seront soumises à la même rè-
« gle, lorsque ces ouvrages contiendront les citations, les
« extraits et les détails historiques mentionnés dans l'article
« précédent. »

« Ce projet, dit M. Renouard, souleva beaucoup d'objections, et l'Empereur lui même trouva qu'il allait trop loin. »
On fit remarquer qu'il pouvait priver l'histoire de matériaux
utiles et intéressants, et qu'en outre il était incomplet, puis-
qu'il ne s'occupait pas des documents déposés dans les bibliothèques et dans les autres établissements publics.

M. le chevalier d'Hauterive fit un nouveau rapport et pré-
senta un nouveau projet, qui devint le décret du 20 février
1809. Il est bien évident que c'est là une mesure gouvernementale ayant pour objet la protection des intérêts politiques
français. C'est aussi, à un autre point de vue, une mesure de
police ayant pour but d'empêcher que la paix publique puisse
être troublée par la publication de documents pouvant révé-
ler des scandales inconnus ou irriter les passions.

Est-ce dans la loi sur la contrefaçon que les auteurs de
ce décret ont pensé à chercher une sanction pénale? Non
certainement, car, ni dans sa lettre ni dans son esprit, le décret du 20 février 1809 n'a de relation avec l'idée de propriété
littéraire. Si, en effet, il s'agissait de cette propriété, l'autorisation de publier les manuscrits des bibliothèques départementales ou communales devrait émaner des départements,

des communes, des établissements publics, etc. Or, dans tous les cas, l'autorisation de publier devra émaner du ministre. Pourquoi? Parce qu'il s'agit uniquement d'intérêts politiques. — Le décret du 20 février 1809 est donc sans application possible dans la cause, et nous n'avons pas à nous y arrêter plus longtemps.

En résumé, il demeure bien établi que l'action en contrefaçon ne peut protéger que l'édition déjà donnée au public, et non le manuscrit.

Nous avons à examiner maintenant la troisième question, qui est celle-ci : Le manuscrit intitulé : *Livres du Boudoir* est-il une œuvre littéraire? Je tiens à dire que je n'ai jamais pu comprendre comment ce Catalogue pouvait être considéré comme une œuvre littéraire En effet, ce manuscrit, tel qu'il existe à la Bibliothèque Impériale, n'est autre chose qu'un relevé alphabétique, une copie de titres d'ouvrages imprimés, placés autrefois sur les rayons de la bibliothèque d'un boudoir. Ce catalogue contient sur chaque page trois colonnes. Dans la première est le titre du livre ; dans la seconde la lettre de l'armoire ; dans la troisième, le numéro de la tablette.

Nous cherchons vainement dans tout cela l'élément essentiel d'une œuvre littéraire : la conception, la pensée. Nous voyons bien un travail matériel, mais rien de plus. On a relevé sur des cartes les titres écrits sur le dos des livres, on a rangé ces cartes par ordre alphabétique, et on a recopié ces titres sur un cahier. Si on eût classé ces cartes dans une boîte, il n'y aurait pas eu d'œuvre littéraire. Il n'y en a pas davantage parce qu'on les a transcrites sur un cahier. Qu'est-ce que c'est, en réalité, que ce catalogue manuscrit? Un instrument qui avait été fait autrefois pour qu'on pût se servir d'une bibliothèque. Trouvons-nous dans le catalogue cette conception, cette création de l'esprit qui constitue une œuvre intellectuelle, et qui peut donner naissance au droit de propriété littéraire ? Poser la question, c'est la résoudre.

Les esprits distingués qui à propos de cette affaire se sont occupés de cette question, objectent, il est vrai, que si ce catalogue n'était pas, au début, une œuvre littéraire, il l'est de-

venu par les indications précieuses qu'il nous fournit aujour-
d'hui sur une bibliothèque ancienne, qu'on attribue à la reine
Marie-Antoinette, et qui a pu être simplement celle d'une grande dame de ce temps. Suivant eux, ce document qui nous révèle
la nature d'un dépôt de livres maintenant dispersés ou dispa-
rus, est une pièce qui a un caractère littéraire parce qu'elle
sert à l'étude d'une époque intéressante de notre histoire. —
Pour nous, nous avouons ne pas comprendre comment un
manuscrit qui n'était pas une œuvre littéraire au début, a pu
le devenir par la suite sans avoir subi aucune modification.
Cela est contraire à toutes les notions, à tous les principes
admis en cette matière. Le cachet littéraire est donné à une
œuvre dès sa naissance, à raison du moyen qui la met en contact avec l'intelligence d'autrui. Il est tout à fait inexact de
dire que l'objet d'une étude littéraire est par lui-même et par
cela seul une œuvre littéraire. Ce n'est pas la façon d'étudier
qui détermine la nature de l'objet étudié. Autrement, comme
un même objet peut être étudié sous des aspects différents, il
changerait de nature et de caractère suivant le genre d'étude
auquel il donnerait lieu. C'est là une chose absolument inad-
missible.

La dernière question que nous ayons à examiner est celle-
ci : Lacour était-il de bonne foi ? Il est certain qu'il y a eu
pour des faits analogues une longue tolérance. La Bibliothèque
Impériale, en semblable circonstance et pour des publications
de manuscrits faites sans permission, n'a jamais exercé de
poursuites. Lacour pouvait, dès lors, se croire autorisé à faire
ce qu'il a fait. Il avait obtenu d'un conservateur de la Bibliothèque communication du catalogue manuscrit des *Livres du
Boudoir*. En le publiant, il n'a pas cru commettre de délit; il
a été de bonne foi.

Par ces raisons, messieurs, comme par celles que nous
avons précédemment développées, nous croyons que la prévention n'est pas suffisamment justifiée.

Mᵉ Gallien, avocat de M. Louis Lacour, dépose des conclusions motivées, signées de Mᵉ Maugin, avoué. Il prend ensuite la parole en ces termes :

Le procès actuel soulève une question grave. Cette question intéresse non seulement M. Louis Lacour, mais encore la généralité des écrivains sérieux qui s'occupent de recherches érudites dans le domaine de la littérature et de l'histoire. L'Etat élève la prétention d'avoir un privilége exclusif pour la publication des manuscrits qu'il détient, et de poursuivre comme contrefacteurs tous ceux qui publient sans son autorisation, soit la totalité, soit des extraits de ces manuscrits. Or, il y a un très grand nombre d'écrivains qui ont fait et qui ont cru avoir le droit de faire de telles publications. Les poursuites dirigées contre M. Lacour ont inspiré à ces écrivains autant de surprise que d'inquiétude. Tous attendent du Tribunal une décision qui les éclaire et les rassure.

L'importance de ce procès, au point de vue des intérêts de la littérature et de l'histoire, une fois signalée, recherchons dans quelles circonstances il a été intenté.

Dans le courant de septembre 1862, M. Gay, habile et savant éditeur de Paris, mit en vente un volume de 144 pages, imprimé avec luxe, tiré seulement à 317 exemplaires numérotés (1), et ayant pour titre : *Livres du Boudoir de la Reine Marie-Antoinette, Catalogue authentique et original publié pour la première fois* par Louis Lacour. Ce petit volume in-12, qui n'avait d'intérêt que pour les bibliophiles, circula, et se vendit sans obstacle pendant quatre mois. Tout à coup, le 13 janvier 1863, se produisit un fait qu'il importe de noter. M. le directeur de la Bibliothèqne Impériale reçut de M. le procureur impérial près le Tribunal de la Seine une demande de communication d'un certain nombre de volumes publiés par M. Gay. Le 13 janvier, ces volumes furent communiqués, et parmi eux l'ouvrage intitulé : *Livres du Boudoir de la Reine Marie-Antoinette.* Le lendemain 14 janvier, M. le pro-

____

(1) 2 sur peau vélin, 15 sur papier de Chine, 300 sur papier de Hollande.

cureur impérial requérait qu'il plût à M. le juge d'instruction
informer contre M. Gay, inculpé du délit d'outrage à la morale publique et aux bonnes mœurs, par suite de la publication et de la mise en vente de divers écrits énoncés au réqui-
sitoire, et contre M. Lacour, inculpé de complicité du même
délit comme auteur de l'ouvrage intitulé : *Livres du Boudoir
de la Reine Marie-Antoinette.* Le même jour 14 janvier 1863,
une ordonnance de M. le juge d'instruction Fleury déléguait
M. Marseille, commissaire de police, pour saisir les livres in-
criminés. Le lendemain la saisie était faite.

Le 26 février 1863, M. Lacour fut interrogé par M. le juge
d'instruction. Il reconnut être l'auteur de la préface et des notes de l'ouvrage ayant pour titre : *Livres du Boudoir de la
Reine Marie-Antoinette.* A l'observation qui lui fut faite par le
magistrat instructeur, que ce livre dans son ensemble et notamment aux passages compris dans certains chapitres, paraissait renfermer le délit d'outrage à la morale publique et aux
bonnes mœurs, il répondit qu'il n'avait reproduit ces passages que pour les blâmer. Dans cet interrogatoire, il ne fut
pas un instant question de contrefaçon d'un manuscrit appartenant à l'Etat. Ce délit n'était à ce moment imputé ni à M.
Lacour, ni à M. Gay.

L'instruction suivit son cours, et une ordonnance de non-
lieu, en ce qui touche l'ouvrage intitulé : *Catalogue des livres du Boudoir de la Reine Marie-Antoinette,* allait peut-
être intervenir, lorsque, le 10 mars 1863, M. le comte Walewski, ministre d'Etat, écrivit à M. le procureur impérial, et
lui transmit une lettre de M. l'Administrateur de la Bibliothèque Impériale. Ces documents ont une grande importance
au procès; je demande au Tribunal la permission de les lui
lire dans leur entier. Voici d'abord la lettre de M. le ministre
d'Etat. Elle est ainsi conçue :

MINISTÈRE D'ÉTAT. CABINET DU MINISTRE.

Paris, le 10 mars 1863.

« Monsieur le procureur impérial, j'ai l'honneur de vous
transmettre ci-jointe une lettre qui m'a été adressée par M.
l'Administrateur de la Bibliothèque Impériale, par laquelle ce

fonctionnaire demande que la publication faite par MM. Gay et Lacour, sans l'autorisation du gouvernement, d'un manuscrit intitulé : *Livres du Boudoir*, et appartenant à la Bibliothèque Impériale, soit poursuivie comme délit de contrefaçon prévu par les articles 425 et 427 du Code pénal.

« Je vous prie de considérer cette lettre comme une dénonciation qui vous aurait été adressée directement.

« Recevez, monsieur le procureur impérial, l'assurance de ma considération distinguée,

Le ministre d'Etat :

« Signé, A. WALEWSKI. »

Voici maintenant la lettre adressée par M. l'Administrateur-général, directeur de la Biliothèque Impériale, à M. le comte Walewski, ministre d'Etat :

DIRECTION DE LA BIBLIOTHÈQUE IMPÉRIALE.

« Paris, le 27 janvier 1863.

« Monsieur le ministre,

« J'ai été informé officieusement par M. le garde des sceaux que Votre Excellence lui avait transmis ma lettre en date du 7 courant relative à la publication sans autorisation, par les sieurs Louis Lacour et Gay, d'un manuscrit de la Bibliothèque Impériale intitulé : *Livres du Boudoir*, dans une collection dont le succès paraît basé sur le scandale. Le 24, M. le procureur impérial m'a donné avis de la saisie de ce qu'on a pu trouver de cette collection, notamment d'un certain nombre d'exemplaires du volume : *Livres du Boudoir*. Mais de la première de ces communications comme de la seconde, il résulte pour moi que la justice est uniquement préoccupée de la question morale et qu'elle semble se reposer sur nous du soin de la question domaniale, c'est-à-dire de la poursuite pour publication sans autorisation d'un manuscrit appartenant à la Bibliothèque.

« Je vous demanderai, monsieur le ministre, de vous exposer le droit de l'Etat, et d'examiner ensuite le moyen de le faire établir judiciairement.

« Le décret impérial du 1er germinal an XIII dispose d'une manière générale, par son article 1er : « Les propriétaires, par « succession ou à autre titre, d'un ouvrage posthume, ont « les mêmes droits que l'auteur ; et les dispositions des lois « sur la propriété exclusive des auteurs et sur sa durée leur « sont applicables, toutefois à la charge d'imprimer séparé- « ment les œuvres posthumes, et sans les joindre à une nou- « velle édition des ouvrages déjà publiés et devenus propriété « publique. »

« Le décret impérial du 20 février 1809, tout spécial sur la matière, demande à être transcrit ici en entier :

« Art. 1er. Les manuscrits des Archives de notre ministère « des relations extérieures, et ceux des Bibliothèques impé- « riales, départementales et communales, ou des autres éta- « blissements de notre Empire, soit que ces manuscrits exis- « tent dans les dépôts auxquels ils appartiennent, soit qu'ils « en aient été soustraits ou que leurs minutes n'y aient pas « été déposées aux termes des anciens règlements, sont la « propriété de l'Etat, et ne peuvent être publiés et imprimés « sans autorisation.

« Art. 2. Cette autorisation sera donnée par notre minis- « tre des relations extérieures pour la publication des ouvra- « ges dans lesquels se trouveront des copies, extraits ou cita- « tions des manuscrits qui appartiennent aux Archives de son « ministère, et par notre ministre de l'intérieur pour celles « des ouvrages dans lesquels se trouveront des copies, ex- « traits ou citations des manuscrits qui appartiennent à l'un « des autres établissements publics mentionnés dans l'article « précédent.

« Art. 3. Nos ministres sont chargés, chacun en ce qui le « concerne, de l'exécution du présent décret. »

« Les Bibliothèques Impériales, alors dans les attributions du ministère de l'intérieur, passèrent après 1830 dans celles du ministère de l'instruction publique, elles relèvent aujourd'hui, monsieur le ministre, de votre département. C'est donc bien à Votre Excellence qu'il appartient, soit de dénoncer l'infraction au décret, soit d'en poursuivre personnellement le redressement. »

« Les règlements successivement imposés à la Bibliothèque Impériale ont bien eu le soin de rappeler ces dispositions. On lit, article 61 du règlement du 26 mars 1833, signé Guizot :

« Les manuscrits de la Bibliothèque Royale étant la pro-
« priété de l'Etat, qui s'est réservé les droits assurés par le
« décret du 1er germinal an XIII aux propriétaires d'ouvrages
« posthumes, nul ne peut copier, publier ni faire imprimer
« aucun des manuscrits sans une autorisation expresse du
« gouvernement; ceux qui voudront obtenir cette autorisa-
» tion adresseront leur demande au Conservatoire, qui la
« transmettra, avec son avis, au ministre de l'instruction pu-
« blique. »

«A ce règlement a succédé celui du 30 septembre 1839, arrêté par M. Villemain, qui reproduit textuellement ces prescriptions dans son article 84.

« Le décret du 14 juillet 1858 n'a rien changé à ces dispositions. Il s'est borné à substituer au Conservatoire un administrateur général. C'est ainsi, monsieur le ministre, que le devoir de vous dénoncer le fait m'est incombé.

«Maintenant, monsieur le ministre, quelle est la nature de ce fait? C'est un délit, il ne peut y avoir de doute à cet égard. L'article 425 du Code pénal porte : « Toute édition d'écrits,
« de composition musicale, de dessin, de peinture ou de toute
« autre production, imprimée ou gravée en entier ou en par-
« tie, au mépris des lois et règlements relatifs à la propriété
« des auteurs, est une contrefaçon , et toute contrefaçon est
« un délit. »

« Le Code dit bien : TOUTE ÉDITION faite au mépris des lois et règlements relatifs à la propriété des auteurs, il ne dit pas TOUTE RÉIMPRESSION; par conséquent, il a bien sauvegardé les droits des propriétaires de manuscrits.

« Art. 427. La peine contre le contrefacteur ou contre l'in-
« troducteur sera une amende de 100 fr. au moins et de 2,000
« francs au plus; et contre le débitant, une amende de 25 fr.
« au moins et de 500 fr. au plus.

« La confiscation de l'édition contrefaite sera prononcée
« tant contre le contrefacteur que contre l'introducteur et le
« débitant.

« Les planches, moules ou matrices des objets contrefaits
« seront aussi confisqués. »

« Le droit et le caractère du délit bien établis, reste maintenant la question de savoir quelle est la marche à suivre et
par qui la poursuite peut être exercée.

« Si l'on veut faire allouer des dommages-intérêts, sans nul
doute il faut de toute nécessité que Votre Excellence, monsieur le ministre, ou l'Administrateur général de la Bibliothèque Impériale dûment autorisé par vous, ou bien encore M. le
Directeur-général des Domaines, en dénonçant le délit, se
porte partie civile. La justice ne saurait en prononcer sans
cette intervention.

« Mais si, comme je le pense, il est préférable de s'en tenir à
la sanction judiciaire de notre droit, à l'amende prononcée
par le Code, sur la dénonciation du fait que Votre Excellence
pourra faire en transmettant cette lettre au parquet et en la
confirmant, le parquet devra nécessairement poursuivre d'office. L'évidence du délit lui en fait un devoir.

« Il y aurait utilité à ce que cette dénonciation fût promptement faite, car si le livre est aujourd'hui saisi, il est saisi
pour un tout autre motif; et si une ordonnance de non-lieu
sur son immoralité survenait, il serait immédiatement res-
titué.

> Daignez agréer,
> > Monsieur le Ministre,
> > > L'hommage de mon profond respect,
> > L'administrateur général, directeur,
> > > > Signé : J. Taschereau.

Cette lettre, qui signalait avec tant de détails le délit de contrefaçon, était du 27 janvier 1863, et pendant plus de six semaines M. le ministre d'Etat ne jugea pas utile d'y donner
suite. C'est seulement le 10 mars 1863, lorsque déjà il pouvait être question d'une ordonnance de non-lieu sur la prévention d'outrage aux mœurs, que M. le ministre sollicita de

M. le procureur impérial des poursuites pour contrefaçon. Le 11 mars M. le procureur impérial requit une information sur ce chef, et le 13 mars M. Lacour, appelé de nouveau devant M. le juge d'instruction, apprit pour la première fois qu'il était inculpé du délit de contrefaçon d'un manuscrit appartenant à l'Etat.

Des faits qui précèdent il est peut être permis de conclure que l'Etat ne paraît pas sûr de son droit, et qu'à la dernière extrémité seulement il s'est décidé à soutenir qu'il y avait contrefaçon. Il me semble que lorsqu'on a une confiance absolue dans son droit, quand on est intimement et profondément convaincu que le délit de contrefaçon a été commis à votre préjudice, on agit plus vivement et plus promptement. On porte immédiatement plainte, on se constitue partie civile, et l'on se présente à l'audience devant la justice. Ici, chose étrange, et qui ne s'est probablement jamais vue, l'Etat, c'est-à-dire la partie qui serait victime de la contrefaçon, ne se présente pas, n'intervient pas au débat, et c'est le ministère public qui agit seul.

Quoi qu'il en soit, M. Lacour est poursuivi. Il est renvoyé devant vous comme complice du délit de contrefaçon.

Dans ce procès et à l'occasion de ce procès, l'honneur, la moralité, la probité littéraire de M. Lacour se trouvent gravement engagés. Depuis plusieurs mois, il est représenté partout comme un écrivain vivant de scandale, comme le calomniateur d'une reine infortunée, et comme ayant, dans sa dernière publication (celle qui est actuellement incriminée), commis à la fois un outrage à la morale publique et un faux en matière historique. C'est pour lui une nécessité impérieuse et légitime de présenter enfin sa justification à ses juges, et de leur démontrer, pièces en main, qu'il n'est ni un calomniateur, ni un écrivain immoral, ni un falsificateur de documents historiques, ni un contrefacteur.

Permettez-moi d'abord de vous dire très rapidement ce qu'est M. Lacour. Ancien élève diplômé de l'Ecole des Chartes, il est attaché depuis plusieurs années à la bibliothèque Sainte-Geneviève. Il s'est toujours occupé de publications historiques et littéraires. Il a eu l'honneur d'être le collabora-

teur d'un de nos meilleurs écrivains, d'un des esprits les plus
fins et les plus exquis de notre littérature, M. Mérimée, membre de l'Académie française. Il a préparé avec lui, pour la Bibliothèque elzévirienne, une édition nouvelle des *OEuvres de
Branthôme*, dans la collection Jannet. Il a publié seul le *Voyage en Russie de Jean Sauvage*, un *Traité inédit d'Economie
rurale*, écrit en Angleterre au treizième siècle, l'*Histoire de
l'abbaye de Fontevrault* et l'*Histoire de Saumur, dans le Maine
et l'Anjou*, in-folio. Je néglige beaucoup d'autres publications
de M. Louis Lacour pour parler immédiatement de l'édition des
OEuvres complétes de Bonaventure Despériers, qu'il a donnée
dans la *Bibliothèque Elzévirienne*. Un écrivain d'une grande
réputation et qui fait autorité dans ces matières, M. Paul Lacroix (le bibliophile Jacob), a dit, dans son Avertissement mis
en tête du *Cymbalum Mundi*, réimprimé par lui en 1858 : « M.
« Jannet confia le soin de cette édition (celle publiée dans la
« *Bibliothèque Elzévirienne*) à M. Louis Lacour, un des jeu-
« nes érudits qui doivent marquer avec éclat dans la science
« des livres. L'estime que nous inspire le mérite réel de M.
« Lacour ne nous empêchera pas de faire la part de la cri-
» tique à l'égard de ses travaux sur Bonaventure Despériers. »
Ce sont là des paroles précieuses à rappeler. M. Lacour a
collaboré à l'ouvrage intitulé : *Chants historiques et popu-
laires*, publié par M. Leroux de Lincy, au *Bulletin de la Société du Protestantisme français*, à la *Bibliothèque de l'Ecole
des Chartes*, au *Courrier de la Librairie*, à la *Revue française*, et au *Moniteur universel*.

Comme on le voit, M. Lacour n'est ni un pamphlétaire, ni
un homme spéculant sur le scandale. C'est un érudit, un
laborieux et infatigable écrivain. Il a été attaché pendant un
certain temps au bureau des travaux historiques et topogra-
phiques de la ville de Paris, à la préfecture de la Seine. Voici
comment il était apprécié dans cette administration : « M. La-
« cour (écrivait en mai 1862 le chef de bureau des travaux
« historiques) est un employé distingué et très utile au bu-
« reau... »

M. Louis Lacour publie depuis plusieurs années l'*Annuaire
du Bibliophile, du Bibliothécaire et de l'Archiviste*. Ce re-

cueil, très intéressant et très utile, a été honoré en 1861 et en 1862 de la souscription de M. le ministre d'Etat.

En 1862, M. Lacour qui avait depuis longtemps dans ses papiers une copie du Catalogue des Livres du Boudoir, eut l'idée de faire un travail bibliographique sur ce Catalogue. Cela était assurément bien permis. Il avait la certitude que ce Catalogue était celui de la reine Marie-Antoinette. Il lui parut qu'une étude, même bibliographique, se rapportant à cette princesse, serait lue avec intérêt. Les Etudes sur Marie-Antoinette sont à la mode aujourd'hui. On a vu successivement paraître dans ces dernières années celle de M. Vieil Castel, celle de MM. de Goncourt, celle de M. de Lescure, celle de M. Campardon. Il vient d'en être publié une intitulée : *Louis XVI et Marie-Antoinette devant la Révolution*. La reine Marie-Antoinette appartient à l'histoire. On recherche curieusement tous les détails sur sa vie publique et sur sa vie privée ; on publie tout ce que l'on découvre à ce sujet. M. Lacour a fait comme tant d'autres écrivains, c'était incontestablement son droit, il est venu à son tour parler de Marie-Antoinette ; il en a parlé non au point de vue politique, non au point de vue de sa conduite privée, mais tout simplement au point de vue bibliographique. Voilà ce qu'il a fait, lui, bibliographe. Il a écrit l'histoire de la bibliothèque particulière de la reine Marie Antoinette. Où est le crime, où est le mal ?—Ah ! le voici : on dit à M. Lacour : « Vous mettez en tête de votre petit volume : *Livres du Boudoir de la Reine Marie-Antoinette,—Catalogue authentique et original* ; or, le catalogue manuscrit, le catalogue original dont vous donnez la copie porte seulement ce titre : *Livres du Boudoir*. Rien ne prouve que ce catalogue des *Livres du Boudoir* soit celui de la reine Marie-Antoinette, et ne soit pas celui d'une grande dame du temps. Donc, vous avez, vous, Lacour, falsifié ce document et attribué calomnieusement à Marie-Antoinette la possession de livres qui ne lui ont jamais appartenu. « Telles sont les objections, tels sont les reproches que l'on fait à M. Louis Lacour. Eh bien ! vous allez voir que tout cela est sans fondement.

Non, M. Lacour n'a pas calomnié la reine ; non, il n'a pas

commis un faux historique. Il a simplement dit la vérité. Ce titre : *Livres du Boudoir de Marie-Antoinette,* est le titre vrai. Je le prouve à l'instant.

D'abord, le catalogue manuscrit intitulé : *Livres du Boudoir,* relié en maroquin rouge, porte sur les plats les armes de Marie Antoinette, reine de France (1). Mais, preuve plus décisive et sans réplique, il existe à la Bibliothèque Impériale, j'ai vu, tenu dans mes mains et feuilleté, et mon confrère, M⁰ Suin, avocat de M. Gay dans ce procès, a, comme moi, vu, tenu et feuilleté un grand Catalogue relié aux armes de Marie-Antoinette, portant ce titre extérieur sur le plat et au dos : Catalogue des livres de la Reine. A l'intérieur, sur le premier feuillet, se trouve ce titre manuscrit : Catalogue alphabétique des livres de la Reine, 1792. Sur le premier feuillet, après le titre, est écrit ce mot : Instructions. Or, voici ce qu'on lit dans ces instructions : « La lettre et le « chiffre rouges annoncent que l'armoire indiquée est dans le « boudoir, où se trouve de plus *un petit Catalogue particulier.* »

Or, ce petit Catalogue particulier, c'est celui qu'a publié M. Lacour; ce qui le prouve, c'est qu'en examinant le grand Catalogue, on y retrouve l'indication de tous les livres mentionnés dans le petit Catalogue du boudoir. On voit aussi figurer dans le grand Catalogue des livres de la Reine : *Les Contes de Voltaire, les Confessions du comte de ***,* de Duclos ; *l'Histoire amoureuse des Gaules,* de Bussy-Rabutin ; *le Congrès de Cythère, les Œuvres complètes de l'abbé de Voisenon.*

---

(1) On a objecté, il est vrai, dans certaines publications, que ces armes avaient été superposées à d'autres armes dont la dorure a disparu, mais qui sont encore visibles, et on en a conclu que ce manuscrit était le Catalogue des Livres du boudoir, non de Marie Antoinette, mais de la grande dame dont les armoiries avaient été recouvertes par celles de la reine. Une constatation faite depuis le procès a démontré que les armes effacées et recouvertes sont celles de Marie-Antoinette lorsqu'elle était dauphine.

les OEuvres complètes de Crébillon fils, deux exemplaires des Poésies érotiques de Parny, les Liaisons dangereuses de Laclos, etc., etc.

Le Tribunal peut se faire apporter ces deux Catalogues, et il acquerra par ses yeux la certitude de ces faits. Nous aurions voulu faire constater authentiquement l'identité entre les ouvrages portés au *Catalogue du Boudoir,* et ceux mentionnés au grand Catalogue des Livres de la Reine, mais cela ne nous a pas été possible, ainsi qu'on le verra par une lettre de M. Ravenel, conservateur administrateur de la Bibliothèque Impériale. M. Lacour lui avait adressé, le 29 avril 1863, une lettre ainsi conçue :

« Monsieur le conservateur sous-directeur,

« J'ai eu l'honneur de vous demander aujourd'hui s'il n'existait pas à la Bibliothèque Impériale un Catalogue général et authentique des livres formant la Bibliothèque de la reine Marie-Antoinette, et si ce Catalogue ne mentionnait pas tous les livres qu'elle possédait à l'époque de la Révolution, y compris ceux du Boudoir, dont j'ai publié le catalogue; vous avez eu la bonté de me répondre qu'en effet ce Catalogue existe, et que les livres dits du Boudoir y sont mentionnés spécialement. N'ayant pas eu le temps d'attendre la fin de votre recherche, je vous serais particulièrement reconnaissant, monsieur le conservateur sous-directeur, si vous pouviez mettre ce Catalogue à ma disposition dans la séance de demain.

« Agréez l'assurance de ma plus haute considération.

« Louis LACOUR. »

Voici la réponse faite par M. Ravenel à M. Lacour:

« Paris, le 30 avril 1863.

« Monsieur,

« Je regrette que vous n'ayez pas eu le temps de m'attendre quelques minutes de plus : cela vous eût épargné la peine de venir inutilement chercher cette réponse, qui est moins favorable que vous ne l'espérez.

« Je ne veux pas dire que nous ne possédions, en effet, comme je vous en avais donné l'assurance, un Catalogue général des Livres de la reine Marie-Antoinette. Tous, ou pour m'énoncer plus exactement, presque tous les ouvrages que renfermait la bibliothèque sont entrés (y compris ceux du Boudoir), au Département des Imprimés. Mais vous comprendrez aisément, sans doute, que surtout en l'état actuel des choses, il était de mon devoir d'informer M. l'Administrateur général de la demande de communication que vous m'adressiez. Il ne pense pas qu'il y ait lieu à se départir de l'observation de l'article du Règlement de la Bibliothèque qui nous prescrit de ne point communiquer nos Catalogues manuscrits. M. l'administrateur général est d'avis, en outre, que ce catalogue ne pourrait être prêté (à l'intérieur, bien entendu) que dans le cas où, l'autorisation préalable du ministre obtenue, vous seriez dans l'intention de le publier.

« Ne prenez donc pas, monsieur, la peine de revenir demain à la Bibliothèque Impériale, au moins pour l'objet en question. Vous voyez qu'il ne serait pas possible de satisfaire à votre demande.

« Agréez, monsieur, l'assurance de ma parfaite considération,

« Signé: J. Ravenel,
« Cons. S.-D. »

Quoi qu'il en soit, il est dès à présent bien certain que la reine Marie-Antoinette avait dans son boudoir tous les livres dont M. Lacour a publié le catalogue. Faut-il en faire un reproche à la reine? Non certainement. D'abord ce n'est pas elle sans doute qui a composé sa bibliothèque. Et puis, toutes les grandes dames de ce temps, les plus honnêtes et les plus vertueuses, avaient dans leur bibliothèque ces livres en vogue, ces romans à la mode qui nous paraissent aujourd'hui scandaleux et qui alors ne produisaient pas cet effet.

Il résulte de tout ceci que M. Lacour n'a pas calomnié la reine, qu'il n'a pas commis un faux historique comme on a eu l'audace de l'imprimer récemment, et qu'il a eu raison d'intituler son volume : *Catalogue des Livres du Boudoir de la reine Marie-Antoinette.*

Néanmoins, cet ouvrage a été poursuivi, d'abord pour outrage aux mœurs. Et de quoi serait résulté l'outrage? des citations de quelques passages des livres du Boudoir. Aussi les magistrats, dans leur sagesse, ont abandonné la poursuite à cet égard, et une ordonnance de non-lieu a été rendue sur ce chef. Le livre de M. Lacour n'est donc pas immoral. Mais je me hâte d'arriver à la vraie question du procès : La publication de M. Lacour est-elle une contrefaçon ? Oui, dit M. l'Administrateur général, au nom de la Bibliothèque. Partageant cet avis, M. le juge d'instruction a renvoyé mon client devant vous sous la prévention de complicité du délit de contrefaçon. Cette complicité résulterait de ce qu'il aurait remis à M. Gay la copie d'un manuscrit déposé à la Bibliothèque Impériale.

La prévention, je ne dis pas le ministère public, car à cette audience M. l'avocat impérial, après avoir discuté cette cause avec une indépendance et un talent auxquels tout le monde a rendu hommage, a déclaré qu'à ses yeux la prévention n'était pas justifiée. La prévention, dis-je, ou plutôt l'ordonnance de renvoi, impute à M. Lacour le délit de contrefaçon, en se fondant sur les articles 59, 60, 425, 427 du Code pénal; sur le décret du 20 février 1809 et sur le décret du 1er germinal an XIII.

Ce décret du 1er germinal, qu'on invoque contre nous, exige pour la poursuite en contrefaçon deux choses : 1° que celui qui l'exerce soit propriétaire du manuscrit de l'ouvrage posthume; 2° qu'il ait publié ce manuscrit. L'Etat est-il propriétaire du manuscrit qui, suivant lui, aurait été contrefait ? Où est la loi qui lui attribue la propriété des livres de Marie-Antoinette et du Catalogue de sa bibliothèque ? En septembre 1792, après la chute de la Monarchie, il y a eu main-mise sur ces livres, séquestre et dépôt à la Bibliothèque Nationale. Ces livres étaient la propriété de la reine ; les uns lui avaient été offerts par leurs auteurs, les autres avaient été achetés avec les fonds de sa cassette. Ils appartenaient à la reine Marie Antoinette, et après elle, à ses héritiers. L'Etat n'en serait que le détenteur, le simple possesseur et non le propriétaire. Mais laissons de côté la question de propriété. L'Etat remplit-il l'autre condition imposée par le décret du 1er germinal an XIII ? A t il publié ce Catalogue manuscrit ? Non. Dès lors il n'a pas acquis de privilége, cela est évident. Quant au décret

du 20 février 1809, comme l'a si bien démontré à cette audience l'organe du ministère public, il ne concerne pas la
propriété littéraire. C'est une mesure gouvernementale prise
dans un but de protection des intérêts politiques, pour éviter
la publication dangereuse ou inopportune de correspondan-
ces diplomatiques, de papiers d'Etat et de documents secrets.
Il est impossible d'y voir un acte conférant à l'Etat des droits
de propriété littéraire sur les manuscrits déposés dans les
archives ministérielles ou dans les bibliothèques publiques.
Ce décret de 1809, qui d'ailleurs n'a pas de sanction pénale,
ne peut recevoir d'application dans la cause.

M. l'Administrateur-général directeur de la Bibliothèque
Impériale invoque l'article 34 du Règlement de la Bibliothèque. Mais cet article du Règlement s'applique aux manuscrits.
Or, un Catalogue, qui n'est après tout qu'un recueil de titres
d'imprimés, instrument d'une bibliothèque, est considéré par
tous les bibliographes comme un imprimé. Cela est si vrai,
que depuis soixante-dix ans le Catalogue des Livres du Boudoir, venu à la Bibliothèque avec les Livres de la Reine, n'a
pas été catalogué aux manuscrits et est resté au département
des imprimés. Dans ce département, aucun article du Règlement de la Bibliothèque ne défend de copier, de publier et
d'imprimer ce qui s'y trouve déposé. M. Lacour n'avait donc
pas besoin d'autorisation pour publier le Catalogue des Livres
du Boudoir, qui n'est pas, à vrai dire, un manuscrit dans le
sens réel du mot. Donc, le règlement de la Bibliothèque, in-
voqué par M. Taschereau, n'est pas applicable dans l'espèce.

D'ailleurs, pour qu'il y ait contrefaçon, il faut que l'on ait
publié un écrit. Qu'est-ce que la loi de 1793 a entendu par ce
mot? Voici ce que dit à cet égard un auteur justement esti-
mé, M. Ambroise Rendu, dans son livre sur la propriété indus-
trielle, artistique et littéraire, page 367 : « Après avoir déter-
« miné quelles sont les personnes à qui appartiennent la qua-
« lité et le droit d'auteur, il reste à examiner sur quelles
« œuvres peut porter la propriété littéraire. *Ecrits en tout
« genre*, dit l'article 1er de la loi de 1793. Cette expression si
« générale doit s'entendre de la manière la plus large... La
« jurisprudence a proclamé ce principe, quelle que fût la

« forme sous laquelle paraît l'œuvre d'un écrivain, toutes les
« fois qu'elle a reconnu qu'il y avait en effet création ou in-
« vention de la part de l'auteur; elle ne l'a écarté que lors-
« que l'auteur prétendu n'avait réellement rien apporté de
« lui-même dans l'œuvre qu'il présentait comme sienne. »

Or, qu'est-ce que le prétendu écrit en question? C'est la
copie manuscrite de titres imprimés, et l'indication de rayons
d'armoires. Cela n'a jamais été fait pour être publié et ne
pouvait avoir d'utilité que pour la reine. Le rédacteur inconnu de ce Catalogue, mort depuis bien longtemps, n'a certainement jamais cru, en copiant des titres de livres, œuvres
de la pensée d'autrui, en indiquant les tablettes sur lesquelles
étaient ces volumes, qu'il composât un ouvrage, ni qu'il fût
un auteur. Il se livrait, en rédigeant ce Catalogue, à un travail purement manuel et matériel. On ne saurait voir là une
invention, une création, un écrit, un auteur, dans le sens de
la loi de 1793. Un pareil travail ne peut donner naissance ni
à un droit d'auteur, ni à un privilége, ni par conséquent à
une contrefaçon.

Considérât-on, par impossible, ce Catalogue comme un
écrit dans le sens de la loi, je soutiens très-subsidiairement
que, dans tous les cas, il n'y aurait pas de délit de contrefaçon, parce que M. Lacour, en publiant, sans autorisation, le
Catalogue manuscrit des *Livres du Boudoir* a été d'une entière bonne foi. En effet, pendant des années, la Bibliothèque
a laissé publier les manuscrits qu'elle possède sans exiger
d'autorisation. J'ai là une liste de quelques-unes des plus im-
portantes de ces publications. C'est d'abord le recueil intitulé :
Cabinet historique, édité par M. Louis Paris, et qui forme
aujourd'hui huit volumes in-8°. Circonstance curieuse, et qui
a une singulière analogie avec les faits du procès actuel, ce
recueil n'est que la reproduction, sans autorisation de l'État,
des Catalogues manuscrits de la Bibliothèque Impériale et de
quelques autres bibliothèques publiques. Il y a là près de
20,000 titres d'ouvrages avec le numéro des Catalogues et le
nom de la bibliothèque à laquelle ils ont été empruntés. Les
publications si précieuses et si intéressantes faites par la *Société de l'Histoire de France* l'ont été sans qu'on ait cru né-

cessaire de se munir d'autorisations de l'État pour la reproduction et l'impression des manuscrits. Je citerai encore la
Bibliothèque de l'École des chartes, recueil de pièces inédites qui forme aujourd'hui vingt-cinq volumes in-8°, et contient
le texte de près de cinq cents manuscrits tirés de la Bibliothèque Impériale et de divers autres dépôts publics, manuscrits
publiés sans autorisation. Un très-grand nombre d'autres re-
cueils historiques vivent de la reproduction de pièces inédites
qu'ils publient sans autorisation; tels sont : le *Journal de
l'Institut historique*, le *Bulletin de la Société de l'Histoire
de France*, celui de la *Société des Antiquaires*, etc.

Le savant M. Taschereau lui-même, dans sa première *Revue rétrospective*, a publié une foule de manuscrits tirés des
Archives de l'État et de la Bibliothèque du roi. Nous n'avons
pas entendu dire qu'il ait jamais cru utile de solliciter d'autorisation ni qu'il en ait obtenu. Il n'en a pas demandé non
plus, bien entendu, et il ne s'est pas autrement inquiété du
décret du 20 février 1809, lorsqu'il a publié en 1848 sa nouvelle *Revue rétrospective*, dans la préface de laquelle il disait :

« J'ai toujours aimé les documents historiques et les auto-
« graphes curieux, et je dois reconnaître que les révolutions
« ont merveilleusement servi cette passion, cette manie, si
« l'on veut. Après 1830, j'ai fait paraître, sous le nom de *Re-
« vue rétrospective*, un recueil auquel les événements qui
« venaient de s'accomplir fournirent un contingent assez inté-
« ressant. Février 1848 ne m'ayant pas moins bien partagé,
« je reprends aujourd'hui cette publication interrompue......
« Les pièces renfermées dans la livraison que nous publions
« aujourd'hui ont été, pendant le combat, enlevées du cabi-
« net du secrétaire de M. Guizot. Je ne les regarde pas comme
« ma propriété. Je déposerai aux archives des départements
« ministériels qu'elles pourront intéresser, et immédiatement
« *après leur publication*, les pièces qui me restent à pu-
« blier. En procédant ainsi, j'aurai la confiance de concilier
« les droits du gouvernement avec les intérêts de l'histoire,
« comme avec les garanties de la défense que voudraient faire

« entendre les personnages qui se succèderont dans cette ga-
« lérie.

« J. Taschereau (1). »

On peut voir par cet exemple et par tous ceux que je viens
de citer que les écrivains les plus renommés par leur savoir,
leur érudition et leurs travaux historiques et littéraires, ont
publié sans autorisation un nombre considérable de papiers
d'État et de documents manuscrits conservés dans les archives, dans les ministères ou dans les bibliothèques publiques.
L'État n'a rien dit, et une longue tolérance a presque encou-
ragé de pareilles publications. Cette tolérance suffirait à elle
seule pour établir la bonne foi de M. Louis Lacour. Mais,
chose dont il faut également tenir très-grand compte, le Catalogue manuscrit des Livres du Boudoir lui a été communiqué
à la Bibliothèque Impériale il y a déjà un certain nombre
d'années. Manifestement, après cette communication, il a dû
se croire autorisé à publier ce Catalogue. Il a agi avec une
bonne foi entière qui est exclusive de toute intention délic-
tueuse....

M. le président, interrompant : La cause est entendue.

Me Suin, avocat de M. Gay, déclare s'en référer à la
plaidoirie de son confrère, Me Gallien.

M. le président : A samedi pour le jugement.

(1) Voici les titres de quelques-unes des pièces publiées dans
la *Revue rétrospective* de 1848 : Rapport au ministère de
l'intérieur sur le complot de 1839. — Rapport confidentiel du
préfet de police sur Ida Saint-Elme. — Lettre du procureur-
général de Golbéry. — Lettres du roi Louis-Philippe, de
M. Guizot et de M. de Salvandy sur les mariages espagnols.
— Fonds secrets des ministères des affaires étrangères, de
l'intérieur et de la guerre. — Lettres de M. de Carné au ministre des affaires étrangères. — Dotation du duc de Nemours.
— Placements faits par Louis-Philippe. — Rapports de la
préfecture de police, etc., etc.

A l'audience du 22 mai, M. le président a donné lecture du jugement suivant :

« Le Tribunal,

« Sur le chef de contrefaçon reproché à Gay, comme auteur principal, et à Lacour, comme complice :

« Attendu que le Catalogue manuscrit intitulé : *Livres du Boudoir*, et portant sur la reliure les armes de la reine Marie-Antoinette, appartient à la Bibliothèque Impériale; que le droit de propriété sur ce catalogue manuscrit ne saurait être contesté à l'État, dont le domaine public s'est accru en 1792, conformément aux lois en vigueur à cette époque, de tout ce qui composait le domaine privé de la Couronne;

« Mais attendu que ce Catalogue manuscrit n'est que la copie par ordre alphabétique de titres de livres, avec indication de leur place dans les armoires qui les renfermaient; qu'on ne peut assimiler aux œuvres de l'esprit, qui seules sont protégées par la loi sur la propriété littéraire, ce travail purement manuel, qui n'est que l'œuvre d'un scribe,

« Renvoie Gay et Lacour du délit de contrefaçon. »

Le jugement dont on vient de lire le texte a été rendu par le Tribunal civil de la Seine (6ᵉ chambre) sous la présidence de M. Rohault de Fleury.

APPENDICE.

—

1

Il est désormais bien incontestablement établi que la reine
Marie-Antoinette avait dans la bibliothèque de son boudoir
(armoire A, tablette 1) : *Une année de la vie du chevalier
de Faublas* (4 parties en 5 volumes, petit in-12, Londres (Paris 1787). — Même armoire, même tablette : *Six semaines
de la vie du chevalier de Faublas* (pour servir de suite à sa
première année, 2 volumes petit in-12, Paris, 1788). Ces
sept volumes de *Faublas* sont reliés aux armes de la reine
Marie-Antoinette. — Dans cette même bibliothèque se trouvaient (armoire B, tablette 2) : les *Mémoires turcs*, " avec
" l'histoire galante de leur séjour en France, par un auteur
" turc, de toutes les Académies mahométanes, licencié en droit
" turc et maître ès-arts de l'Université de Constantinople. "
(Godard Daucourt) à Amsterdam, par la société, 1767, 3 volumes in-12. (Exemplaire relié aux armes de la reine.) — Cet
ouvrage qui eut jadis beaucoup de succès, est un recueil d'a-
ventures d'amour qui par la vivacité des récits et des peintu-
res rentre tout-à-fait dans le ton des productions érotiques de
cette époque. Le narrateur, ce " licencié » est quelquefois un
peu licencieux. — Armoire B, tablette 2 : *L'Orphelin normand*, « ou les petites causes et les grands effets, » ouvrage
publié d'abord à Paris, chez Des Ventes en 1768, 4 parties en

2 volumes in-12. L'exemplaire de la reine, relié à ses armes, a des titres réimprimés portant : Paris, veuve Duchesne, 1784. L'un des premiers chapitres contient une description très-détaillée des charmes d'une jeune fille qui s'est endormie à l'ombre d'un buisson et dont le fichu s'est dérangé. — Même armoire, même tablette : *Sophie de Francourt*, Paris, 1768, 2 vol. in-12, roman où se trouvent des épisodes racontés dans un style trop peu voilé, notamment l'entrevue de Madame de Carlix et du marquis Dorville. Pour avoir reproduit dans son petit volume intitulé : *Livres du boudoir de la reine Marie-Antoinette*, quelques passages de cet épisode et un fragment de la description extraite de *l'Orphelin normand* qui vient d'être précédemment indiquée, (le tout afin de faire apprécier ces deux ouvrages aujourd'hui peu connus', M. Lacour a été un moment inculpé d'outrage à la morale publique et aux bonnes mœurs. Il est vrai que cette inculpation a été, comme on sait, promptement écartée par une ordonnance de non-lieu. Cela devait être, car ce que M Taschereau nomme « l'immoralité » de l'écrit de M. Lacour, n'aurait pu résulter que des passages extraits des livres de Marie-Antoinette qu'il avait eu l'imprudence d'insérer dans le sien en ayant soin d'ailleurs de les blâmer (1).

Des moyens de défense et de justification présentés par M. Lacour devant le Tribunal est résulté la preuve que dans le « *Catalogue alphabétique des Livres de la Reine, 1792,* » conservé à la Bibliothèque Impériale, sont mentionnés (sans

(1) Dans la bibliothèque de la reine Marie-Antoinette au Petit-Trianon figuraient, comme dans celle des Tuileries, des livres auxquels M. Taschereau pourrait adresser, justement cette fois, le reproche d'immoralité. Ces livres sont : 1° Les Contes de La Fontaine avec figures (Londres 1778, 4 vol. in-18); 2° les Œuvres complètes de Crébillon fils, Maestricht 1779, 11 volumes in-12; 3° les Œuvres de Grécourt, nouv. édit. corr. et augm., Luxembourg 1764, 4 vol. in-12. — Nous extrayons ces indications de l'ouvrage intitulé : *Bibliothèque de la reine Marie-Antoinette au Petit-Trianon*, d'après l'inventaire dressé par ordre de la Convention, Catalogue mis en ordre et publié par Paul Lacroix, Paris, 1863.

compter les romans indiqués au catalogue du boudoir) certains ouvrages d'une nature assez légère. (Voir plus haut page 37.) — Tous ces livres que quelques personnes ont été très-étonnées de voir figurer dans les bibliothèques de la reine, se trouvaient assurément dans celles d'une foule de grandes dames du dix-huitième siècle qui n'en étaient pas moins honnêtes pour cela. Nous ne parlerons ici avec quelque détail que d'un seul de ces ouvrages : *les Confessions du comte de **** de Duclos, dont Marie-Antoinette possédait un exemplaire. Ces *Confessions* renferment une peinture très-fine et très-ingénieuse des mœurs de cette époque et le récit piquant et spirituel des égarements d'un homme de qualité. Mais c'est en même temps un écrit très-léger, très-leste, et auquel on ne peut guère comparer pour la liberté et la vivacité galante des narrations que quelques autres livres de la reine : *les Mémoires turcs*, les œuvres de Crébillon fils et celles de Louvet de Couvray. Notons en passant que les *Confessions du comte de **** font partie de toutes les éditions de Duclos et se trouvent par suite aujourd'hui non-seulement dans les bibliothèques publiques, mais encore dans un très-grand nombre de bibliothèques particulières. Il en était de même au dix-huitième siècle. C'était en 1742 le roman à la mode, celui que tout le monde voulait lire, que toutes les femmes lisaient, comme de nos jours beaucoup de jeunes femmes, très-honnêtes et très-vertueuses, ont voulu connaître et ont lu *Madame Bovary*, de M. Gustave Flaubert, et *Fanny* de M. Ernest Feydeau. On donna quatre éditions des *Confessions du comte **** dans la première année de leur apparition. — Jean-Jacques Rousseau nous a conservé un détail curieux qui est relatif à cet ouvrage. Il raconte dans ses *Confessions* (un livre bien autrement intéressant et délicieux que les *Confessions du comte de ****) qu'en 1742 il était à Paris où il venait de publier sa *Dissertation sur la musique moderne.* Son travail n'avait pas eu un grand débit et son nouveau système musical demeurait ignoré. Dans cette situation il se mit à manger sans se presser les quelques louis qui lui restaient encore. « J'attendais tranquillement, dit-« il, la fin de mon argent, et je crois que je serais arrivé au « dernier sou sans m'émouvoir davantage si le P. Castel, que

« j'allais voir quelquefois en allant au café, ne m'eût arraché
« de ma léthargie. » Le P. Castel, jésuite, auteur du clavecin
oculaire, conseilla fortement à Rousseau de recourir à l'appui
des femmes du grand monde. « J'ai parlé de vous, lui dit-il, à
Madame de Beuzenval; allez la voir de ma part. C'est une
bonne femme qui verra avec plaisir un pays de son fils et de
son mari. Vous verrez chez elle Madame de Broglie, sa fille,
qui est une femme d'esprit. »

Après avoir longtemps ajourné cette visite, qu'il considérait
comme « une terrible corvée, » Rousseau prit enfin le parti
d'aller chez Mme de Beuzenval. Elle le reçut avec bonté. Mme de
Broglie étant entrée à ce moment dans la chambre de sa mère,
celle-ci lui dit : « Ma fille, voilà M. Rousseau dont le P. Castel nous a parlé. » — Mme de Broglie le complimenta sur son
ouvrage et lui fit voir, en le menant à son clavecin, qu'elle
s'en était occupée. Rousseau s'apercevant qu'il était une heure,
voulut se retirer. Mme de Beuzenval le retint à dîner ; mais au
bout de quelques instants il comprit par quelques paroles de
cette dame qu'elle comptait le faire dîner à l'office. Profondément humilié, mais dissimulant son dépit, Jean-Jacques pré-
texta une course qu'il avait oubliée et se dégagea de l'invita-
tion de Mme de Beuzenval. « Madame de Broglie, raconte Rousseau, s'approcha de sa mère et lui dit quelques mots qui firent
effet. Mme de Beuzenval se leva pour me retenir et me dit :
Je compte que c'est avec nous que vous nous ferez l'honneur
de dîner, Je crus que faire le fier serait faire le sot, et je res-
tai. D'ailleurs, la bonté de Mme de Broglie m'avait touché, et
me la rendait intéressante. Je fus fort aise de dîner avec elle,
et j'espérai qu'en me connaissant davantage elle n'aurait pas
regret à m'avoir procuré cet honneur. M. le président de Lamoi-
gnon, grand ami de la maison, y dîna aussi. »

Jean-Jacques ne brilla guère au milieu de ces personnes de
la haute société, habituées à l'ingénieuse et fine conversation
du beau monde. Il était désolé de sa « lourdise, » et de ne
pouvoir justifier aux yeux de Mme de Broglie ce qu'elle avait
fait en sa faveur. Après dîner, il s'avisa de réciter une épître
en vers de sa façon qu'il avait dans sa poche. Voici comment

il nous fait connaître l'impression que produisit cette lecture :

« Ce morceau, dit-il, ne manquait pas de chaleur; j'en mis dans la façon de le réciter, et je les fis pleurer tous trois. Soit vanité, soit vérité dans mes interprétentions, je crus voir que les regards de Mme de Broglie disaient à sa mère : Hé bien ! maman, avait-je tort de vous dire que cet homme était plus fait pour dîner avec vous qu'avec vos femmes ? Jusqu'à ce moment j'avais eu le cœur un peu gros ; mais après m'être ainsi vengé, je fus content. Mme de Broglie, poussant un peu trop loin le jugement avantageux qu'elle avait porté de moi, crut que j'allais faire sensation dans Paris, et devenir un homme à bonnes fortunes. Pour guider mon inexpérience, elle me donna les *Confessions du comte de* ***. Ce livre, me dit-elle, est un Mentor dont vous aurez besoin dans le monde : vous ferez bien de le consulter quelquefois. » J'ai gardé plus de vingt ans cet exemplaire avec reconnaissance pour la main dont il me venait, mais en riant souvent de l'opinion que paraissait avoir cette dame de mon mérite galant. »

Comme dans ce charmant récit Mme de Broglie touche et intéresse ! Comme on sait gré à cette aimable femme de tout ce qu'elle fait pour ménager et pour calmer la juste susceptibilité de ce pauvre homme de génie inconnu et méconnu ? — Ce roman de Duclos qu'elle donne (cadeau singulier) à Jean-Jacques qui fut si peu un homme à bonnes fortunes, nous en voyons quatre ans plus tard un exemplaire entre les mains d'une jeune femme de la haute finance, la spirituelle Madame d'Épinay, une autre amie de Rousseau. Voici ce qu'elle consigne dans son journal en 1746, peu de mois après son mariage et à un moment où elle soupçonnait déjà son mari de lui être infidèle :

« Au sortir de table nous avons passé dans la bibliothèque. Après avoir rangé toute ma musique, mon mari s'est assis, et me prenant sur ses genoux : Venez ici, ma petite femme, m'a-t-il dit, et rendez-moi compte des lectures que vous avez faites pendant mon absence (M. d'Épinay revenait de voyage). Je lui ai avoué ingénument que tous les livres d'histoire que j'avais commencés m'avaient assommée d'ennui au point de ne pouvoir les finir, excepté cependant les Mémoires du cardinal de Retz ; que les romans ne m'avaient point intéressée, si ce n'est dans les endroits où je trouvais des situations semblables à la mienne. Et dans quel roman, me dit-il, avez-vous trouvé une situation semblable à la vôtre? Je me défendis de lui répondre, craignant ou d'être injuste ou de l'humilier trop, si mes anciennes craintes étaient fondées. Mais comme il m'obligea de répondre : « C'est, lui dis-je, dans les *Confessions du comte de* ***, lorsque Mme de Selve voit clairement l'infidélité du comte, et que, loin de se plaindre, elle le défend quelque temps contre elle-même, et ensuite renferme sa douleur. » Je l'embrassai les larmes aux yeux en achevant ces paroles. Ah! parbleu, dit-il en riant de toute sa force, cela ne te ressemble guère, car tu ne te fais pas faute de te plaindre. — Moi? repris-je tout étonnée... (1)

On voit par ce passage que Mme d'Épinay, mariée depuis un peu moins d'un an et alors parfaitement irréprochable, lisait sans scrupule et du consentement de M. d'Épinay, ce roman de galanterie, œuvre d'un homme infiniment spirituel qui fut membre de l'Académie française. — Quant à la marquise de Broglie, non-seulement elle avait ce livre, mais encore elle le donnait à un jeune homme (Jean-Jacques Rousseau). Si les femmes du grand monde et de la haute bourgeoisie se permettaient la lecture et la possession des *Confessions du comte de* ***, on comprend aisément que cet ouvrage ait figuré avec tant d'autres de la même nature et de la même réputation sur les rayons de la bibliothèque de Marie-Antoinette.

II

Quelques écrivains légitimistes ont prétendu que la publication du *Catalogue des Livres du Boudoir* avait été faite par M. Louis Lacour dans une intention offensante pour la mémoire de la reine. Cette assertion est absolument insoutenable. Ce livre ne constitue pas plus une attaque contre la reine Marie-Antoinette que la publication de la correspon-

_____

(1) Au moment où se passait cette jolie scène, si gracieusement racontée, Mme d'Épinay avait vingt et un ans.

dance secrète de cette princesse avec son frère Léopold II, Empereur d'Allemagne, correspondance demeurée inconnue pendant une longue suite d'années et révélée au public, en 1835, par M. Taschereau.

Ces papiers si importants avaient été placés autrefois aux Archives générales (ancien palais Soubise), dans un dépôt particulier qui, avec le temps, avait fini par être ignoré. Vers 1835, on découvrit ce dépôt et l'on y trouva les minutes des lettres de Marie-Antoinette et les réponses autographes de l'Empereur d'Allemagne, du comte de Mercy-Argenteau, l'un de ses ambassadeurs, de Burke et du comte de Lamarck. Ces documents d'un si grand intérêt furent insérés, aussitôt, par M. Taschereau dans sa *Revue rétrospective* (1). Il les fit précéder d'un court avant-propos, dans lequel, les analysant rapidement, il montrait le cabinet des Tuileries sollicitant les puissances étrangères à venir en France combattre la révolution, la reine Marie-Antoinette invoquant formellement l'invasion des Autrichiens, et jugeant en même temps avec autant de sévérité que de justesse les dispositions des différents gouvernements et le caractère des principaux personnages de cette époque. Le comte de Provence, le comte d'Artois, ses deux beaux-frères, M. de Calonne, sont en effet appréciés par elle dans cette correspondance avec une rare sûreté de coup-d'œil. On est étonné de la netteté de vues et de la vigueur d'intelligence de cette jeune femme qui, au milieu de la mollesse et de l'apathique indécision de son entourage, déployait seule, en présence de tant de dangers, des qualités viriles. Mais si ses lettres attestent la sagacité, l'étendue et la fermeté de son esprit, elles prouvent aussi d'une manière certaine que, dans le but de sauver les prérogatives de l'autorité royale, de délivrer le roi et d'écraser la révolution, elle poussait l'étranger sur la France.

Si, obéissant à ses incitations, l'Empereur d'Allemagne eût dès ce moment (derniers mois de 1791) lancé ses armées sur sur notre pays, que fût-il advenu? Consultons sur ce point un homme bien connu par son dévouement au parti de la Cour,

____

(1) Seconde série, tome Ier, p. 443 et suiv., et tome II.

le marquis de Bouillé. Il nous dit dans ses *Mémoires* « qu'à
« la fin de l'année 1791 et même pendant celle de 1792, la
« France n'était pas difficile à envahir, une partie de la fron-
« tière étant presque ouverte et sans défense... » Il ajoute que
plus tard l'énergie, l'art, le fanatisme des Jacobins, et le rare
talent du général choisi par eux au commencement de la guerre
ont seuls permis à la France de repousser victorieusement l'invasion. Suivant lui, le succès de la révolution française est dû
à deux hommes qu'il appelle « extraordinaires, » Dumouriez
et Robespierre, et la république n'a évité de périr dès son
établissement que grâce à la haute capacité militaire et politique du premier et au « caractère féroce, sanguinaire et im-
pitoyable » du second.

C'est par la citation de ce passage des *Mémoires* de Bouillé
que M. Taschereau terminait son avant-propos, lorsqu'en 1835
il mettait sous les yeux des lecteurs de sa *Revue* la correspondance secrète de Marie-Antoinette. Certes, ces lettres, dans
lesquelles on voit la reine, tout entière à son ardent désir de
sauver le roi et de lui faire ressaisir son autorité souveraine,
ne pas craindre d'appeler sur le pays où elle règne les mal-
heurs d'une invasion, peuvent être considérées comme bien
autrement compromettantes pour sa mémoire que la publication du Catalogue des livres plus ou moins légers et galants
qui composaient la bibliothèque de son boudoir. C'est en s'ap-
puyant sur cette correspondance mystérieuse et si tardivement
connue, ainsi que sur les aveux et sur les déclarations des
deux Bouillé, que M. Michelet a dit dans son *Histoire de la
Révolution française*, en parlant de la condamnation de Marie-Antoinette par le Tribunal révolutionnaire : « La reine
« était coupable, elle avait appelé l'étranger. Cela est prouvé
« aujourd'hui (1). On n'avait pas alors les preuves... »

Cette correspondance de la reine a été rappelée il y a quelques mois par la *Revue germanique et française* qui, par-

______

(1) « Prouvé : 1° par les aveux de M. de Bouillé, le père, 1797 ;
« 2° par la déclaration plus positive de M. Bouillé, le fils (1823), qui
« eut en main un billet où le roi et la reine disaient eux-mêmes :
« *qu'ils feraient appel aux armes étrangères* ; 3° par la lettre où la reine

lant du livre de **MM.** Edmond et Jules de Goncourt, *Histoire de Marie-Antoinette*, disait dans sa livraison du 1er octobre 1863 (p. 374, *Bulletin bibliographique et critique*, article de M. Frédéric Lock) :

« ..... **MM.** de Goncourt s'efforcent à prouver que la con-
« duite privée de Marie-Antoinette a été irréprochable. Soit,
« nous ne tenons pas à la croire coupable envers son mari,
« bien qu'elle pût invoquer, comme circonstance atténuante,
« l'exemple de beaucoup d'autres reines. Mais, au point de
« vue politique, il n'est plus possible d'innocenter Marie-An-
« toinette. Les lettres **é**crites par elle à son frère et publiées
« par M. Taschereau dans sa première *Revue rétrospective*
« sont des preuves accablantes que **MM.** de Goncourt essaient
« vainement d'interpréter au moindre désavantage de la reine.
« Mises sous les yeux du Tribunal révolutionnaire, ces lettres
« auraient singulièrement abrégé le procès ; il eût suffi de les
« lire pour entraîner tout d'une voix la déclaration de culpa-
« bilité. »

Il est bien évident qu'en publiant ces documents secrets, d'une si haute gravité et d'une importance si considérable, **M.** Taschereau n'a pas eu l'intention d'attaquer la reine Marie-Antoinette. Il a voulu seulement donner à l'histoire de précieux matériaux, comme **M.** Lacour a voulu plus tard fournir à la bibliographie de curieux renseignements. Tous les deux ont fait une chose permise, qui est dans le droit de l'historien et de l'érudit.

III

Parmi les publications de **M.** Lacour, antérieures à celle des *Livres du Boudoir de la reine Marie-Antoinette*, il en est une qui a fait quelque bruit, qui a donné lieu, elle aussi,

« écrit à son frère, le 1er juin 91, pour *obtenir un secours de troupes*
« *autrichiennes* (*Revue rétrospective*, 1835, d'après la pièce conservée
« aux Archives nationales). »
(Note de M. Michelet au bas de la page 319 du tome VI, de son *Histoire de la Révolution française*, Paris, 1853.)

à un procès et sur laquelle des explications ne sont pas inutiles à cause de toutes les allégations erronées et malveillantes qui, après ce procès, ont été mises en circulation. La publication dont nous voulons parler est celle des Mémoires du duc de Lauzun, ce grand seigneur si brillant de la cour de Louis XVI, dont M. de Talleyrand a dit qu'il avait tous les genres d'éclat : *beau, brave, généreux, spirituel,* qui servit plus tard courageusement la République sous le nom de Biron, et qui, traduit devant le Tribunal révolutionnaire, fut condamné à mort et décapité en 1794. Les premières éditions de ces *Mémoires* avaient été données en 1821 et 1822, et depuis longtemps elles étaient épuisées. En 1833, il est vrai, M. J. Taschereau avait complété ce livre. Il avait publié dans sa *Revue rétrospective,* si pleine d'intéresants documents, les passages que l'éditeur, en 1822, avait cru devoir retrancher par ménagement pour la réputation de Marie-Antoinette.

Ces passages, dans lesquels Lauzun se vante du tendre attachement de la reine, où il nous la montre dans ses bras et pressée par lui sur son cœur, rougissante, mais sans colère dans les yeux; ces lignes où il raconte qu'il lui dit : « Vous « êtes ma reine, vous êtes la reine de France, » et que les regards de Marie-Antoinette semblaient lui demander un autre titre; où il ajoute : « Je fus tenté de jouir du bonheur qui pa- « raissait s'offrir... mais je n'ai jamais voulu devoir une femme « à un instant dont elle pût se repentir... Je me remis donc » assez promptement...; » le public ne les connaissait pas avant leur insertion dans la *Revue rétrospective* par M. Taschereau. Le but de ce dernier était, d'ailleurs, de démontrer en les publiant, que « jamais M. de Lauzun, qui trouva si peu « de cruelles, ne posséda cette princesse, » tandis que, grâce aux retranchements de la première édition, l'on croyait forcément le contraire.

Malgré la publication si utile faite en 1833 par M. Taschereau, il manquait toujours une bonne édition des *Mémoires de Lauzun,* de « ce livre écrit avec tant de grâce, d'enjouement et d'abandon, (1) » de ces *Mémoires* dont un des plus

(1) Expressions de M. Taschereau dans la *Revue rétrospective* de 1833, tome Ier, p. 87.

célèbres écrivains de notre temps, M. Sainte-Beuve, a dit
avec l'autorité qui s'attache à ses paroles : « « Les *Mémoires*
« *de Lauzun* existaient avant le démenti de M. de Talleyrand ;
« ils existent et comptent deux fois plus après, car on en sent
« mieux l'importance. Ils ne semblent que frivoles au premier
« abord ; ils ont un côté sérieux, bien plus durable, et l'his-
« toire les enregistre au nombre des pièces à charge dans le
« grand procès du dix-huitième siècle. »

C'est ce livre si piquant, ce document enregistré par l'histoire, que M. Lacour a réédité trente-six ans après la date de
de la première édition. Ces *Mémoires* n'avaient jamais été
poursuivis ; il devait croire leur publication inoffensive et à
l'abri de toute recherche. Néanmoins, en juin 1858, l'ouvrage
fut saisi. M. Lacour fut inculpé d'avoir outragé la morale publique et les bonnes mœurs en publiant le texte des Mémoires
du duc de Lauzun. Une instruction fut commencée ; elle abou-
tit bientôt à une ordonnance de non-lieu.

Fort de cette décision favorable, M. Lacour crut pouvoir,
quelques mois plus tard, publier sans danger une seconde édition. Celle-ci contenait une préface dans laquelle il racontait
ses démêlés avec M. Jérôme Pichon à l'occasion de la première
édition. Deux plaintes en diffamation furent portées, l'une par
M. Pichon, à raison de cette préface, l'autre par les princes
Czartoryski, à raison de divers passages du texte des *Mémoires de Lauzun* et de deux notes mises au bas des pages par
M. Lacour. L'ouvrage fut aussi de nouveau poursuivi pour
outrage à la morale publique et aux bonnes mœurs. Ce dernier chef de prévention fut écarté par le Tribunal, qui se
fonda sur l'ordonnance de non-lieu précédemment rendue en
faveur de M Lacour et sur ce que nulle preuve nouvelle de la
criminalité de l'écrit ne s'était produite depuis cette ordonnance. Mais sur les deux plaintes en diffamation de M. Jérôme
Pichon et des princes Czartoryski, une condamnation intervint.

Depuis, M. Barrière a donné, en 1862, une édition des
Mémoires de Lauzun, imprimée et tirée à un grand nombre
d'exemplaires par M. Firmin Didot. M. F. Barrière a publié le
même texte que M. Lacour, et il a fait aux éditions de celui-

ci des emprunts qu'il a eu soin d'indiquer, notamment à la page 98.

Les princes Czartoryski ne se sont pas plaints.

Ainsi, en résumé, les Mémoires de Lauzun ont été publiés sans poursuites en 1822 et 1823 et complété sans obstacle en 1833 par M. Taschereau. On sait ce qui est advenu à l'occasion des deux éditions que M. Lacour en a données en 1858. Ces *Mémoires* ont été réédités et réimprimés en 1862 par MM. Barrière et Firmin Didot, sans que personne se soit ému ni ait porté plainte. Telles ont été les destinées des éditions successives de ce curieux ouvrage.

Achevé d'imprimer le 30 Juin 1864.

Offert à Monsieur Paul Lacroix

son bien devoué et reconnaissant collègue

Louis LACOUR.

IMPRIMERIE DE A. GUYOT ET SCRIBE,
Rue Neuve-des-Mathurins, 18.